KB274477

빛의 길

빛의 길
류종민 시집

초판 인쇄 ㅣ 2010년 11월 10일
초판 발행 ㅣ 2010년 11월 15일

지은이 ㅣ 류종민
펴낸이 ㅣ 신현운
펴는곳 ㅣ 연인M&B
디자인 ㅣ 이희정
기　획 ㅣ 여인화
등　록 ㅣ 2000년 3월 7일 제2-3037호
주　소 ㅣ 143-874 서울특별시 광진구 자양동 680-25호(2층)
전　화 ㅣ (02)455-3987　팩스 ㅣ (02)3437-5975
홈주소 ㅣ www.yeoninmb.co.kr
이메일 ㅣ yeonin7@hanmail.net

값 12,000원

ⓒ 류종민　2010 Printed in Korea

ISBN 978-89-6253-074-2 03810

연인시선 03

류종민 시집

빛의 길

연인M&B

작가의 작업실

| 시인의 말 |

반짝이는 천 개의 물살처럼
흘러가 버리는 시간의 강물 위에
비친 한 줄기 빛살은 그 자리에서 기둥을 내리고
불이 꺼질 때까지 사라지지 않는다.
내 정신의 무수한 파편이 만들어 내는
이 빛기둥을 내 시의 본원으로 삼는다.
내 생명의 불이 다할 때까지 비추어 줄 수 있는
이 빛기둥이 있음은 얼마나 고맙고 다행한 일인가.

첫 번째 시집에서 더욱 노익장하여 제2, 제3시집을 상재하기를 기대하신 김남조 선생님께 감사한 마음으로 세 번째 시집을 올린다.
아울러 노익장할 수 있도록 격려해 주시고 조언을 주신 분과 모든 밝은이에게 이 시집을 바친다.

2010년 10월
류 종 민

| 차례 |

1. 분신

2. 한강에 담긴 해

3. 이름

4. 빛의 길

1
분신

분신

불은 나를 태울 수 없다
나는 흙이 되어
나무를 키웠으나
바람은 나무의 모든 것을
가져갔고

나는 물이 되어
그를 비추었으나
그는 항상 내가 아니었다

나의 흙은 바람에 날아갔고
나의 불은 물 위에서 탈 수 없었다
비가 되어 쏟아지는 나를
나의 어떤 불이 태울 수 있겠느냐

내 속의 또 다른 형제들
정녕 너는 내가 될 수 없는
나의 분신이냐

투명의 점

소리도 사라지고
색도 사라지고
조용하다

형언할 수 없는 기쁨이
적멸의 샘
깊은 곳에서 솟아난다

무엇으로도 바꿀 수 없는
고요의 허공
고요의 바다

시작도 끝도 없는
둥근 방의 한가운데
너는 투명의 점으로
앉아 있구나

투명의 점

적요

눈 오고 나서 이 밤이 조용하다
할 것도 없고
해야 될 일도 없어
마음이 쉬니 천지가 쉰다

하이얀 백지 위에
그릴 무엇이 있겠느냐

지울 것도 없고
더할 것도 없어
조용한 마을엔
바람마저 잠들었다

이 정적을 깨고
멀리 어디서 부르는 소리

먼지와 때

먼지를 탓하지 마라
먼지는 네 몸의 어머니
지상의 형상은 다 먼지이거니

때를 탓하지 마라
때는 네 살의 시체
지상의 속살은 다 때의 동생

먼지와 때가 없는 세상을
꿈꾸어도
형상을 꿈꾸는 한 먼지는 있고
네 몸이 있는 한때는 있느니

끝없이 태어나는 속살은
거죽이 죽지 않는 한
태어나지 않는다

지우개

틀린 것 지우는 지우개
세상의 일도 지울 수 있다면
이 지우개 만들어 지우고 싶어

지우고 또 지워 남은 백지에
세상을 그리면 제대로 될까

지울 때마다 만들 수 없다면
세상은 항상 지울 수 없는 것
지워진 위에
다시 그린 세상
또 그러하다면 지울 수 없어

온천

흙으로 된 몸이
황토 탕에 들어간다
황토 탕에 들어가
풀어지는 몸

땅속에서 끓은 물
땅의 자식인 몸속에서 만난다

유황이 되고 인이 되고
붉은 철분이 되어
땅속에서 몸을 빚고자
스스로 끓은 물

땅 밖에서도
몸을 녹여 풀어내고 있다
굳은 뼈 속까지

만남

어디서 무엇이 되어 만나지 않고
지금 여기에서 만났다

바람과 별 속에서 만나고
모래와 강이 되어 만났다

보이지 않는 깊이에서
어둠과 빛이 되어 만나고
생명과 죽음으로 만났다

영원의 빛으로 타오르는 순간
하나는 사라지고 하나만 남았다

동심원

시 아닌 시
글 아닌 글
그것을 써 보고 싶은 사람 있어
물 위에 섰네

바람이 수많은
소리를 불러
무량의 동심원을
그리고 가네

그곳에 가면

삼천 대천의 하늘
열어 놓은 창문마다
가득 차게 흘러 나온다
너의 소리와 너의 형용
무량한 음율의 파도를 타고
수억만년 계곡 아래
흐르는 물이 되어
내 가슴의 변방을 지나
아득한 곳으로 사라져 갔다

그곳에 가면
만날 수 있으리
빛나는 광휘의 언덕
적멸의 노을이 쌓이는 그 너머
너의 그림자 땅거미에 끌려
여기까지 닿은 그곳에 가면

침

감성感性의 바다
해수면海水面엔 상처 나기 쉬운
투명의 고기 있어
아프지 않는 침
꽂을 푸른 피부가 팽팽하다

바람이 불면
천 개의 물살
주름지어 떨리고
바닥으로 가라앉을 소리가
비파음을 타고 떠오른다

보아라 그 옛날
태고로부터 고인 물
아득한 수평水平 어디에
수심水深보다 깊은 한 소리 있어
너의 온 수면水面을 떨게 하는가
그리도 너를 잠 못 자게 하는가

네 뿌리에 떨리는
한 개의 침이 어디를 찔러
너를 혼절케 했는가

비음秘音

고저장단의 소리 속 어느 벌레
고성의 외침 가려낼까
소리 잔치에 동원된 음조들이
다 한 가닥 조율을 하는데
유독 들리지 않는 작은 소리 있어
귀 기울이게 한다

너는 바람이냐
바람 속의 작은 생명이냐
저음도 아닌 네 소리는
어느 귀를 당기는
비밀의 한 소식
가녀린 날개 속에
감추고 있느냐

보석 하나

동아줄 타고
마음속 깊은 곳 내려가면
신비한 진주 하나 버려져 있을까
흙 속에 풀 속에 돌멩이 속에
주인을 못 만나 울고 있을까

수많은 시간이 가고
헤아릴 수 없는 계절이 가고
하늘이 열린 만큼 아득한 그때부터
불변의 빛으로 있었던 보석 하나

짐승의 먼지 털고
어느 새벽 빛나는 명경 속에
반짝이고 있을까

정화수

흰 그릇에 투명의 물
비추어진 나는 없는데
경상 위의
그분께서
정수리에 부어 주시는
아득한 높이의 폭포를 맞고
문득 없어진
내 속에 비추어진
모양 없는 나를 본다

한 번 다녀가시다

빛은 한 번 다녀가시는 것이 아니로되
이름이 한 번 다녀가시니
세상에 한 번 다녀가시는 일이 쉬운 일이랴

수많은 빛살의 하나를 안고
한 생명씩 노래 부르다 가시는 님들
길거나 짧거나
하루거나 겁이거나
빛살로 왔다 가시는 길이 한 번뿐이랴

다시 오지 아니 할 듯 가신 님이
창공에 가득한 노래를 싣고
몇 은하계 아득한 광년을 지나
아름다운 이 별 잊지 못하고
빛으로 된 그들을 보기 위해 또 오셨네

무량한 시간과 생명으로
다녀가실 때마다 한 번이긴 하지만

무량

보아라
오직 한 생각으로
그 꽃 속에 났네

밤도 낮도 없는
무량한 시간의 잎 속

씨도 열매도
있을 수 없는 곳에
빛으로 된 꽃잎만이
피고 질 뿐

세족도

차디찬 계곡의 물

발 담그고 우르릉 풍탕

바위 사이 흐르는 물 바라보니

가장 낮은 곳으로 임해

너를 씻어 준 손이

하늘임을 알겠다

은빛 별

뜻은 금

말은 은

수많은 말을 녹여

금빛 별을 만들면

금빛 별은

숨어 있고

은빛 별만 보이네

다신茶神

차의 신이 시간을 타고
흘러와 마음을 씻는다

세정된 마음이
한 송이 구름과 만난다
창공의 구름이 일지암 샘물의
쪽박에 고인다

차는 물의 신령을 불러 모아
원래의 영혼을 눈뜨게 하고
정신을 깨워 곧추 앉게 한다

초의선사와
이 시간에 오는 벗은
말의 때를 묻히지 않는다

태고로부터 흘러온 시간이
고일 수 없는 샘에서 넘쳐
태어날 먼 미래의
너를 만나고 있다

강의 얼굴

산의 팔부 능선에서부터 비를 타고 내린 나는 금맥의 바위 사이 땅속 길로 조금씩 내려왔네 때로 키 큰 소나무 뿌리와 작은 풀뿌리로 스며 나온 방울방울 동행의 벗들과 함께 내가 얼굴을 내민 곳은 어느 절 아래 작은 옹달샘. 수면을 빙빙 도는 풍뎅이들이 우리가 솟아나는 것을 지켜보았네 한동안 하늘과 구름이 내 속에 있었고 숲속의 모든 나무도 내 속에 비쳤지 나는 쏟아져 나오는 벗들에 밀려 아래 못으로 자리를 옮겼네 밤이 되어 둥근 달이 떠오르고 별이 쏟아져 애기를 나누었네 어디서 날아온 청둥오리가 새벽의 주인이 나올 때까지 제 세상인 양 휘젓고 다녔지 나는 보았네 강의 이름을 한 사람이 내게로 다가오는 것을 놀란 청둥오리는 하늘을 한 바퀴 돌아 어디로 날아가 버리고 아침 햇살에 몇 벗들은 증기가 되어 날아올랐네 긴 여름 소나기로 쏟아진 그들과 함께 나는 먼 여정의 길을 다시 떠났지

쉬지 않고 흘러 이른 곳은 이름 없는 작은 강 수많은 조약돌에 부딪칠 때마다 굽이굽이 산을 돌아 큰 강이

될 때까지 우리들은 힘차게 노래를 불렀네 그것은 존
재의 목적 없는 영탄 시작도 끝도 없는 단일의 노래였
네 내가 닿을 곳은 바다 그곳에서 내 이름은 사라지지
만 그것은 소멸 아닌 본원에의 회귀

　호수가 바다에 닿는 이 마을의 이름은 강문江門이라
네 이 문을 지나면 무량한 나들의 바다 나는 강문에 서
서 한 이름이 끝나는 나들을 보네 그것은 이유 없는 회
귀 돌아올 수 없는 시간 위에 소멸의 경계를 넘어서지
만 모든 것을 받아들인 바다에서 다시 우리는 날아오
를 것이네 구름이 되고 비가 되어 찾은 그 자리에서 샘
이 되고 강물이 되어 새로운 길을 달려가겠지 닿지 않
는 이름의 본원 그 아득한 시간에 이르도록

아름다운 영혼

내 일생 중 가장 감사한 일은
아름다운 것에 눈뜨게 한 일
아름다운 마음과 영혼이 없으면
무슨 의미로 세상을 살아가랴

내 일생 중 가장 고마운 일은
아름다운 사람들을 만난 일
많은 인연으로 살아가는 세상에
아름다운 영혼은 희귀하여라

내 일생 중 가장 다행한 일은
아름다운 밝은이를 모시게 된 일
아름다운 지구별이 다할 때까지
아름다운 영혼은 영원할지라

2
한강에 담긴 해

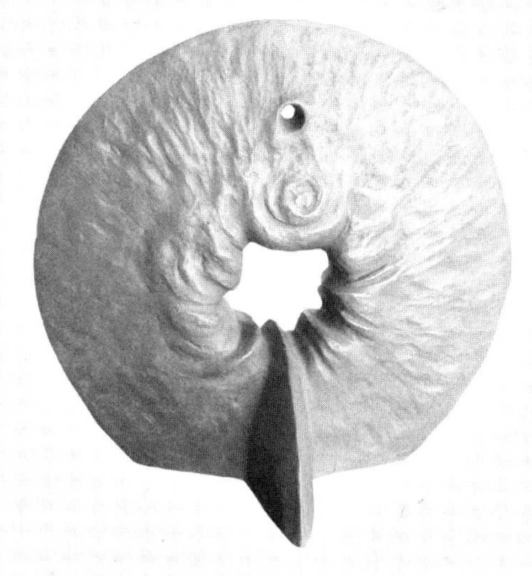

한강에 담긴 해

깊고 긴 밤이 지평으로 묻히고
장엄한 해가 얼굴을 내밉니다
한강을 달구어 빛 다리를 놓고
유채꽃 사이에 얼굴을 부빕니다

작은 풀꽃들이 얼굴을 붉히고
밤사이 사연을 빛살에 태웁니다
한강은 잠시 시간을 멈추고
흐르는 수면은 명경明鏡이 되어
천상天上과 수면의 빛 다리를
거둬 올립니다

사람에 관한 파문
두루마리로 접어 올리니
소리는 죽고
시간에 찍혔던 인간의 그림들
한 장의 책갈피로 접히고 맙니다

당신의 장엄에 굽혀 절하니
나 또한 당신 책갈피의 하나가 됩니다
모든 시간의 풍경이 녹아들어
오늘의 역사 한쪽이 됩니다

맑은 내의 셔블

생명의 힘이 쇠진한 오후 네 시
한 병의 에네젠으로 불을 지핀 후
문득 청계 맑은 물 보고 싶어 집을 나서다

마침 반포교 위의 태양은
명경이 된 한강 위에 자리를 펴
다리 아래 물은 없고 빛만 있다

물은 속으로 흐르고
청계에 이르러도 그러해
물은 제 속도로 걷는 사람들 속으로 들어온다
물로 된 생명들이 빛으로 된
거죽으로 제 모양을 빚어내고
빌딩들도 하늘로 오르다 말고 물소리에 쉬고 있다

작은 수초들이 잠에서 깨어나 귀를 열고
투명의 눈을 뜬 생명들이 조약돌 사이에서
하얀 이를 드러내고 웃는다
많은 이들의 속으로 물소리 흘러 들어와
이 셔블의 작은 방이 가득하다

소리개

허공에 소리를 타고 올라
산하山河를 내려다보는 눈에는
고을이 작은 점이다

네발 달린 것들
길 따라 달리는데
허공에는 길이 없어
바람이 가는 길을 따라가며
갈래를 잡는다

하나의 원 안에 든 점 위에
꼽히는 소리개의 눈
이제 네 발톱을 벗어날 길 없구나

낙하

하늘로 사라진 잠자리비행기
구름 속에 숨었나 했더니
점점이 펼쳐진 낙하산
창공에서 유영을 한다

휘젓는 서체의 획처럼
공중에도 갈지之자
길을 만드는 선두

마지막 공중에 매달려
제 길로 착지하는 순간까지
세상에 내려오는 길이
제대로 펼쳐진 걸까

일상

하루가 명쾌한 것은
아침 해가 떠오를 때
모든 생명이 깨어나기 때문이다

활기찬 깃발이 펄럭이는 것은
길 가는 모든 이가 생명의 바람을
일으키기 때문이다

정오의 그림자가 짧은 것은
네가 아닌 모든 치장이
벗겨졌기 때문이다

오후의 바람이 시원한 것은
쉴 수 있는 공간이
네 속에 그늘을 드리웠기 때문이다

저녁의 노을이 아름다운 것은
비출 수 있는 허공 속에
너를 걸어 놓고 바라보기 때문이다

자전거 신명

한강변 자전거 타는 사람
저녁 강바람 안고 만곡의 길 달린다
노을을 마시며
강물에 수놓은 일주日柱를 바퀴에 감아
시간의 저편에 저장한다
붉은 해는 먼 빌딩 사이로
부비면서 지고
바람에 찰랑이며
전등의 그림자 길게
강물에 빠져 하늘댄다
어둠을 뚫고 가는
선두 주자의 좌판 뒷등이
강바람을 가르는 휘파람이 되어
한강 자전거 길은 신명나다

음악 분수

소리 따라 춤추는 물방울
천상天上으로 솟구쳐 올라
율조律調가 곧 형상이네
바람 따라 흔들리는 물기둥
가지에 핀 소리 꽃은
수천만 개의 안개방울
사라지는 허공에서
깔깔대는 아이들 소리
합주가 되어
푸른 무지개로 아롱댄다

은행 독백

너무 커서 이발을 잘한 은행나무들
아파트 앞 일렬로 서서
어느 집 창문을 들여다보나

겨울엔 흰옷 입고
여름엔 녹색 휘장
부챗살로 드리웠다가
가을엔 사람들 좋아하는
황금이 되네

창 속 흰 강아지
껌벅이는 눈 속에도
내가 옷 갈아입는 것 보일까

오늘은 구름 한 송이 물고
모자 벗고
차렷 자세로 열병식을 한다

온전한 씨

평강공주는 제 지은 복 그릇에
바보온달을 담아
인재를 만들었네

빈 그릇이 아니면
온전히 채울 수도 없는 것
평강공주는 그것을 알았네

꿈의 껍데기를 벗기고
온전한 씨 심어진 대로
온달장군 깃발에 부는 바람
아차산성에는 아직도
그것을 알리는 바람이 부네

대왕암

해뜨는 동해바다
용이 되신 문무대왕
석굴암 부처님과
매일 아침 만나신다

반도를 통일하며
염려하신 바다 건너
행여나 서라벌에
모진 바람 불어올까
빛 다리 타고 오서
고운 아침 만나신다

건달파

노래를 부르고 싶었네
춤을 추고 싶었네
저 바닥의 본성이 시키는 대로
바람이 나무에 감겨 소리를 내듯이
거침없이 허공을 나르는
춤과 소리의 신

만물을 쓰다듬는 율조
뛰며 딩굴며 헝클어지며
시작도 끝도 없는
소리의 끈을 몸에 달고
산하山河를 쓰루만져 튕긴다

보이는 소리
보이지 않는 소리
모두 휘감고
열두 개의 실을 풀어
사계를 짜누나

범종

포뢰용은 고래를 무서워해
가장 크고 우렁찬 소리로
범종 위에서 운다

분별이 사라진 세계에는
크고 작음이 없지만
소리의 맥놀이가
들을 수 없는 그대 심부의
허공에 파동치며
깨달음의 바다를
일으켜 세운다

기다니 합창단

반짝이는 까만 얼굴의
영롱한 영혼들이 노래를 부른다
고난 속에 피어난 웃음은
문명의 때를 씻어 내고
가식의 옷을 헹구어 말린다
바람이 부는 초원의 풀이
춤추는 율조를 무어라 하겠는가

팔을 뻗어 가르키는 하늘과 땅
그곳에 사는 나무와 사람이
정갈한 영혼의 노래에
세정되고 있다

박자를 맞춰
순번을 기다리는 천상의 문 앞에

루오에 부쳐

인생을 한바탕 광대놀음으로 본
루오 그림 속에는
화려한 슬픔이
굵은 선 뒤에 숨쉬고 있다

황혼의 언덕에 세 그루 나무
신의 아들과 두 도둑 인간의 죄를
몇 겹의 색과 빛으로 숨겨
돌을 만들었는가

무거운 때는 납이 되어 가라앉고
찬란한 빛이 투명의 유리 위에
광휘가 되어 쌓인다
마지막 돌아갈 영혼의 길 위에

검은 돌

검은 돌을 손에 쥐고 녹인다
흰 돌이 내게 부어 준 만큼
검은 돌의 기운이 소멸하고녀
아집의 재앙이 소멸하고
탐욕의 성을 허물어
아름다운 집을 짓게 하소서
북녘 하늘을 향해
흰 돌의 기운이 닿도록
작은 손을 펴 빈 마음을 띄운다
검은 돌은 바둑에서
흰 돌보다 아래건만
그곳은 왜 검은 돌이 상위인가
새벽의 화신이 검은 돌의 기운을
거두어 가소서
정오에 빛나는 흰 돌의 기쁨이
동토의 누리까지 차게 하소서

흑백

흑백의 바둑알을 두 손에 쥐었다
왼손에 흑 다섯 바른 손에 백 다섯
따뜻한 체온이 차가운 돌을 녹였다

무엇이 다른가
왼손 바른손의 희고 검은 알들이
세상의 둥지 속에서
함께 숨 쉴 뿐인데

녹아라 체온 속에서
검고 흰 돌이여
세상의 업장은
밝은이 체온 속에 녹는다
대립의 분별이 녹고
흑백의 논리가 녹는다
곧추세웠던 깃발이 녹고
허망의 바람이 불고 간다
눈감고 보는 이에게 손 안의
흑백은 이미 없구나

음양

음양이 있는 세계
그것으로 생성이 있다고
사람들은 믿어 왔다
양극과 음극으로 흐르는 전류
하나의 원 속에 태극이 생겼다

남과 여, 낮과 밤
돌고 도는 음양의 수레바퀴
음양이 없는 곳에
수레바퀴는 멎는다

무량한 시간
생성되지 않는 세계
보아라
태극이 사라진
원 속의 텅 빈 본체

홍일점

눈 속의 붉은 꽃
흑백사진 속에
리본을 꽂은 소녀가
어디로 가고 있네
붉은 잎이 꽃이 되어
흑백의 풍경 속에
오직 하나
움직이는 생명체로
살아 있는 꽃

3
이름

이름

꽃마다 이름이 있고
풀마다 이름이 있어
미운 풀 고운 풀 나라마다 다르네
씨가 돋기 전에 명명된 네 이름

하늘에 별도 죽기 전에
이름이 있는데
이 기호는 누구의 것이냐

이름이 있음으로 있는 것과
이름 없는 수없는 모래
먼지가 되어 흙이 되어
네 태어남이 참으로 그러하다

가장 큰 이름은 무명의 허공
항상 은하의 끝에 닿아 있네

미지의 박자

노래 잘 부르고
춤 잘 추고
장고를 잘 두드리니
한없이 많은 박자가
쏟아져 나온다
꽉 찬 창고가
다 빌 때까지
저리도 많은 박자가
숨어 있던 것인가

섬

거인의 손이
한 웅큼 너를 쥐어
떼어 놓았네

육지로부터 멀리
바다 한가운데

바위는 부스러져
모래가 되고
하늘의 별들도
바람이 되었네

쉬지 않고 일어나는
파도를 세며
잠들지 않는 시간이
소리를 그린다

이 섬이 태어나기
이전의 소리

나목

다 떨어진 잎
벌거숭이 몸이
원래의 너였구나

바람에 가릴 아무것도 없이
겨울을 맞는 너

땅 위로 떨어져도 썩지 못하는
헤일 수 없는 분신이
어디로인지 실려 가고
뿌리에 닿을 길도 없는데
가지마다 돋아나는 천 개의 눈

위로 위로 오르는 천 개의 강에
빚은 시간을 수놓아
시린 나이테 또 한 줄을 긋는다

낚시

구름을 낚는 사람
별을 낚고
바람을 낚고
마지막으로 하늘을 낚는다

그보다 더 큰 대어가
어디 있을까

대어가 나를 낚고
나는 드디어 대어 속의
구름이 되고
물 위에 뜬 별이 된다

달맞이꽃

달 맞아 환하게 피어나는 꽃

밤새도록 님과 함께 얘기하더니

이 새벽에 모두 입 다물었네

강 따라 흐르다 돌이 된 달빛

가슴에 안고 입 다물었네

새 둘

고공의 새 둘
구름 사이로 유영한다
둘이 하나가 되었다가
엇갈려 떨어지고
창공과 구름 사이
사라졌다가 나타난다

유유한 비행과 유희
관망의 눈에 그것은
합일의 선과 분리의 둘일뿐
새 둘은 하나 아닌 하나다

연둣빛 향연

춥고 어두운 지곡을 뚫고
연둣빛 함성이
소리 지르며 승리한다
흰 꽃으로 태어난 빛은
겨울의 눈을 아직도 기억한다

흰 섬이 되어 연둣빛 바다 속에
다도해를 이루고 있는 산 중턱
칼바람 매운 맛도 이제는 힘이 없다

이 향연에 초대된 사람은
연둣빛 마음을 가진 이다
혹 붉은 단풍이 되었어도
자기는 아직 연둣빛인 줄 안다

본당

그늘이 만드는 바람
다리 밑 본당에서
뜨거운 대낮의 열기를 식힌다

가진 것 없는 사람
바람마저 가질 것 없어
세상이 모두 제 것인데
탐욕과 소유가
무슨 뜬구름이랴

묵비

잘못된 것과 잘된 것을
모르는 아이는
판관이 망치를
두드릴 때까지
침묵해야 한다

묵비만이 능사가 아니지만
깨닫지 못한 발언은
너를 망칠 수
있기 때문에

언제 철드나

장난감 가지고 놀던 시절 다 가고
철이 들어서도
새 장난감 놀이에 빠져
밤낮으로 철든 생각하지 못하고
세상놀이 끝나 갈 때
철들지 못한다면
한 번 다녀가는 세상
언제 철드나

숙성

발효를 마치고
숙성되기를 기다리는
언어는 닫혀진 독 속에서
나올 날을 기다린다

잘 익은 술은
나무를 춤추게 하고
잠자는 풀들을
일으켜 세운다

바람이 지나가는 곳에
한없이 펄럭이는 깃발
알곡의 들판에
수없이 모여드는 새떼들

밀장

수세미로 박박 문질러도
너의 속살은 드러나지 않누나
어디에다 너를 감추었길래
너는 이리 깊은 곳에 숨어 있느냐

철없는 것들 한바탕 놀다간
마당엔 허망의 바람 휘날리는데
풀밭에 깊이 숨은
너의 대롱엔
무슨 씨가 영글고 있느냐

달 속의 검은 새

달 속의 검은 새
그림자가 산에 닿아
달은 반쯤 비추고
산은 반쯤 밝다
아무리 날아도
달 속에 있는 검은 새
산 위의 보름달은
검은 새를 놓아주지 않는다

허공에선
보이지도 않을
검은 새가
밝은 달 속에선
저리도 선명한가

모스코 선인장

줄기에서
가시로 돋은 잎
끝에 건립된
붉은 광장의 모스코
다시 짓지 못할
하나뿐인 줄무늬
궁륭 위에
반달과 별이 걸려
탐미와 갈증의 모순을
시간 위에 그리고 있었네

이름의 힘줄

이름을 고치는 일이 쉽지 않은 것은
이름에 못 박혀 있는 힘줄을 빼기 어렵기 때문이다
세상에 고치고 싶은 이름도 많지만
이 힘줄의 힘 때문에 고치지 못한다
힘줄이 떨어질 때까지 견디는 시간의 아픔이
새로운 이름으로 태어난 간이역을 쉽게 출발하지 못하고
「눈에서 나오는 물」이라는 이름으로 눈물을 흘리고 있다
손과 발에는 가락이 붙어 손가락 발가락 떨어지지 못한다
누가 차창 밖으로 최고라는 엄지손가락을 내밀지만
이름을 얻지 못한 새끼손가락은
엄지손가락을 쳐다만 보고 있다
멋있는 이름을 지어주라
비록 이 간이역에 작명소는 없지만
손의 가락이 아닌 이름을 얻고 싶고
엄지의 가락이 아닌 이름을 얻고 싶다
간이역의 노랫가락이 흩날리는 머리카락에 감겨
역사를 빠져나가지 못하는 힘줄 때문에
눈의 물이 아닌 눈물을 흘린다

시간 위의 침대

미끄러지는 침대
아무리 시간 위에 고정해 놓아도
침대 위의 침구는
시간을 타고 미끄러진다
깨어나 제자리에 갖다 놓지만
너는 왜 나도 모르게
미끄러져 내려가느냐
내가 꿈꾸며 너를 밀고
오르는 것도 아닌데
내일 깰 때 보면
너는 또 미끄러져 있을 것이다
못 박을 수 없는 시간 위의 침대

공립

만당에 계신 여러분
귀하고 귀하신 여러분
공空으로 좇아오셔서
공으로 빛을 발發하시다
공으로 회귀回歸하시네

위대하신 공공 여러분
만상萬象이 그러하다고
말씀하신 여러분
그 뜻에 따라 끝없는
공을 세우셨네

4
빛의 길

영봉의 신부

나무도 자라지 않는 높이에서
오직 바위로만 된 얼굴
머리에 눈 면사포를 쓰고
멀리 펼쳐진 영봉 속에
신랑을 맞는다

찾아온 하객도 아랑곳없이
지상을 떠난 선객仙客들과
눈을 맞추는 신부

그 어느 곳에도 범접 못할
눈부신 당신의 신비

로키

홀로 하늘을 배경으로
목을 뺀 설산은
비춰 볼 데 없어
외로워라

이웃 설산 아래 거울 호수는
당신을 비추는데
당신의 높이는 깊이가 되어
그 끝을 알 수 없네

바다에서 솟아난 거인
들썩이던 팔과 어깨를
구름 속에 감춰 보지만
바위 속에 잠자는
당신의 힘은
대륙의 뼈로 누워 있네

비취빛 호수

육십 조의 세포가 나를 이루듯
땅으로 굳은 빙설에는
비취빛 호수 이룰
물의 세포 있어
만 년 비취 몸으로 누웠다

빠렛드에 개어 네 몸에 칠한
비취 물감
참 많은 사람들
이 빛에 홀렸겠구나

팡보채

고도 사천육백 미터
히말라야 최고봉 마을의 초등학교
그 고산의 정신은
설백의 꽃을 키운다

구름이 걷히면 햇빛에 투사되어
황금색으로 내려다보는 설산
이 자연의 영혼 속에 동화된 아이는
미미한 자아의 껍질을 벗고
웅대한 신비의 영감을
받아 마시고 있다

고준한 깃발을 세우지 않아도
세상은 그 기운에
감전될 것이다

안반데기

하늘에 닿은 산 위까지
하나씩 주어 낸 돌은 담이 되고
붉은 흙의 고랑을 판 검은 손들이
새 쌌의 씨를 심었네

이 심산에 어두운 그림자를
흙 속에 묻은 국토 개발대
그 산 위에 바람의 풍차가
시간을 돌리며 땀 흘려 일구어 낸
한 토막 풍경을 내려다보고 있다

세상에 하직하고 온
어두운 그림자는 이곳에 없어
세간의 병충이 없다는 고랭지
희귀한 풍경의 별천지 안반데기

경포에서

수평水平의 언저리에
부서지는 파도
망망한 그 근원은 알 수 없는데
끝에 닿은 포말의 선이
오락가락 획을 긋는다

거울 호수의 포구에
천 개의 주름진 소리들
빛이 되어 반짝이드니
투명한 돌이 되어
물속에 눈뜨고 있다

보아라
산 그림자 속
주름진 네 얼굴보다
밝고 큰 이 호수 속에
숨어 있는 달

콩돌 해안

85

그곳에 가 보았네
수없는 콩돌이 사그락사그락
바다와 읊조리는 백령도 콩돌 해안

모난 것은 이 동그만 공화국에
허용되지 않는다
그 주민의 이름은 오직 콩돌
형형색색의 콩돌이
시간의 주형 속에 태어났다

잘나고 못난 것이 없는 공화국
모두가 보석이어서
아무도 이것을 가져가지 못한다
그 마음이 콩돌을 닮기까지는

송도에서

모래바람 불던 고운 사장에
바다 위로 멀리 다리가 달리고
시간을 돌리는
황혼의 원반이
찰랑이는 빛기둥을
걷어올린 뒤
전등불 옛 갯벌에
꽃 그림자 수놓고 있네

어디로 갔는가
소나무 섬에 불던 바람
높이 선 건물 숲 사이
어디로 감돌고 있는가

사자산 적멸

요요한 달이
사자산 법흥사
적멸보궁 위에 떴다
보궁 앞 먼 산봉의
하늘 맞닿은 선 속에
부처님 누워 계신 모습 있다고
찾아보아도
분별로만 보이는 형용
키 큰 소나무들은 말이 없다

적멸이 솔향 속에 베어
달빛으로 내 몸을 목욕시키고 있다
세간의 먼지
마른 풀처럼 타 버리다

노이 슈반 슈타인

바슐라르
그 왕자는 분명
「꿈꿀 권리」가 있었네
창 건너 보이는 바위산에
새 몽상의 성
이미 꿈속에 있었네
왕이 된 그가 지은 새 백조의 성
꿈꿀 권리는 꿈밖의 성이 되어
암반 위에서 호수를 내려다보네
국고를 탕진한 그는 비명의
꿈속에서 갔지만
아름다운 노이 슈반 슈타인
죽지 않은 꿈속에서 나와
오늘도 살아 있는 성

꿈의 씨

생각의 씨가 꿈속에 심어져
현실로 나오면 무슨 일이 일어날까
진실을 보는 눈은 거울 뒤에 있어
아무도 거울에 비친 자기
의심하지 않는다

꿈속의 꿈이 가라앉은 바닥에는
아지 못할 세계가 중첩되고
몇 번을 깨어도 계속되는 꿈은
거울 속의 거울이다

한 생각의 씨 심어진 열매가
현실의 나무에 열리면
무슨 일이 일어날까
꿈나무에 부는 바람
네 열매는 그 씨 속에 있구나

가리라

꿈 밖의 세계로 가리라
길고 긴 꿈 말아 쥐고
꿈 밖의 세계로 나가리라

꿈꾸기 전의 그대
만날 때까지
꿈꾸기 전의 그대
찾을 때까지

멀고 먼 꿈속 길 여의고
꿈 밖으로 나가리라

꿈 파는 가게

가스똥 바슐라르
그대에게 묻노니
꿈꿀 권리는 있어도
꿈을 전매할 권리는 없는가

꿈을 파는 가게가 있다면
등급 따라
참 많은 상품도 있겠구나

내 불혹의 나이 지났으니
꿈 파는 가게나
차려 볼까

꿈꾸지 않는 나무

잠들어도
깨어 있는 나무는
꿈꾸지 않는다

꿈꾸는 모든 것은
나무 밖에 살고
나무 속 나이테는
꿈을 박지 않는다

꿈꾸지 않고 나무

오석 작품

흰 점들이 뭉쳐서
은하가 된다

돌들은 부숴지면 먼지가 되고
바람 불어 쌓이면 흙이 되는데
어이 오석의 흰 점들은
별이 되는가

둥근 천공天空에서 쏟아져 내려
빛나는 암흑을 수놓고 있다
검은 광채 속에 돋아난 별들
저 무량한 검은 공간의 여백

우주 그리고 우리 별

비록 작은 먼지의 한 점이지만
이 행성은 어느 큰 별보다 아름답구나
옥구슬 같은 우리 별
끝없이 팽창하는 우주 속에서
지금 무엇을 하고 있는가

태양계 넘어 오천 광년의 백조성운
삼천, 육천 광년의 개미성운
팔천 광년의 모래시계성운
구천 광년의 삼열성운 조각
항성으로 진화하는 독수리성운
일억 천사백만 광년의
두 개의 은하수는 합치고 있네
쌍둥이자리의 베타별
거대한 대각성, 안타레스별

이 속에서 태양은 한 개의 점이고
지구는 먼지구나
허나 어쩌랴
나는 육십조 세포의 사령관이고

육십억 인구의 한 사람인 걸
병들지 마라 이 아름다운 옥구슬
작은 별이여

천의 동화

다섯 살 때 지은 동화집에는 금하 복 방울을 지닌 한 아이가
지상의 미혹을 청소하고 평화 세상을 오게 하는데
그 아이가 입은 옷이 독수리 날개를 단 천의天衣였네

귀한 하늘의 소명을 받은 금하는 여의주 같은 복 방울을 지녀
맑고 투명한 하늘의 뜻을 지상에 펼쳤네
이 방울은 마음을 비워 정갈한 이만이 가질 수 있는 것
사악한 이가 탐하다 벌 받았네

어리석은 무리 사라진 세상
어릴 적 꿈속 하늘은 저물고
아직도 노을에는 물들지 않는 빛이 있네

회향

오늘은 내 심천의
물 한 모금 마시리

아득한 바위를 뚫고
높고 깊은 산의 정기가 모인
말할 수 없는 영혼의 생명수
정갈한 마음의 샘에 부어
세상 모든 은혜에 감사하리

오늘은 내 간절한
목 축임으로
살아 있는 모든 생명에
절하고 싶어

빛의 길

1
하늘에 닿는 길
마음속 깊이 숨어
온 끝은 보이지 않고
가는 고개도 알 수 없지만
이 길은 하늘에 닿는 길

굽이굽이 준령을 넘어
석양을 간다

노을이 산마루에
한 그루씩 나무를 빛 속에 녹여
아득한 하늘로 데려가누나

2
새의 길은 하늘 길
막힘 없고 걸림 없는 자유의 길
바다를 건너 대륙에 이르고
겨울을 떠나 봄을 맞지만

철새는 떠나야 할 때를
놓치지 않네

3
길에서 나고
길에서 죽은 이여
길을 보고
길 없는 길을 밟아
그곳에 이른 이여
그길 따라 가는 길이
오늘까지 뚫렸네

4
짐승이 가고
사람이 가는 길
수많은 갈림 길
물길과 산길
낭떠러지 위에서 뛰어내리면
물길은 폭포가 되지만

그대는 돌아가네
성읍에 닿기 위해
그대는 얼마나 많은 길을
돌아왔는가

5
달이 가고 별이 가는 길
가없는 우주 은하의 길
수없는 별의 탄생과 죽음
하룻밤 꿈이 많기도 하다

길은 공간과 시간의 기호
길은 기억의 숲에 그려진 표상
길은 있기도 하고 없기도 하다

지도에 그릴 수 없는 길이 있어
당신은 그저 미소 지었네

6
큰 바위 얼굴이 서 있는 길
예언자는 보이지 않고
세간의 닮은 이는 닮지 않아
그 길에 들 수 있는 이는 없었네
이 길은 누구도 닿을 수 없는
보이지 않는 길
그렇게 자란 아이만이 알았네

7
큰 길에는 작은 별꽃이 없어
큰 길 가는 길손도
오솔길을 그리네
오솔길에 앉아 실개천 들여다보면
작은 조약돌 거봉의 바위를 닮았네
별꽃의 작은 벌이 우주선이네

8
눈길이 만든 무지개

아름다운 지상의 소풍
눈길 닿는 모든 것이 환호한다
눈의 길은 새로운 만남의 길

이 길손은 아름다운 세계를 만드는 사람
아름다운 영혼을 지닌 그가
닿는 것마다 보배가 되네

9
언어의 길
말씀엔 길이 없으나
뜻으로 된 말엔 길이 있네

빛 밝은 말은 생명의 길
어둠의 말은 죽음의 길
침묵의 말을 금이라 하고
소리의 말을 은이라 하였네

보이지 않는 말씀은

글 속에 없고
보이는 말이 글이 되었네

10
마음의 길
생각이 없음에 길은 없고
한 마음이 만든 길은 가이없다
생각의 밭고랑에 심은 씨
달고 쓴 열매가 다 이 길 속에 있네

빛으로 가는 길에 열린 열매는
만질 수 없고 보이지 않지만
그대 마음의 바다 해저에
썩지 않는 보배로 남아 있네

11
떠나지 않은 나그네 같이
한없이 돌아
제자리에 왔네

어디를 다녀왔는가
꿈속에서 많이도 보고
많이도 만났다
사막에서 한 모금 마신 물
잊지 못할 생명수였네

세상의 먼지
세상의 갈증
이곳에는 쏟아지는 폭포뿐이네

12
눈이 내린다
죽은 이의 무덤 위에
눈길은 보이지 않고
하늘의 전령은 길 없이 날아온다
하나의 말씀으로
그의 모든 일생을 덮는다
흰옷을 입은 그의 죽음은
허공에 가득 찬 길이 된다
수많은 눈길이 환희의 춤이다